सुरुचिपूर्ण एवं प्रेरणादायक सचित्र जीवनी

महान संत

मीरा

सुदर्शन चोपड़ा

हिन्द पॉकेट बुक्स
पेंगुइन रैंडम हाउस इम्प्रिंट

हिन्द पॉकेट बुक्स

यूएसए | कनाडा | यूके | आयरलैंड | ऑस्ट्रेलिया | सिंगापुर
न्यू ज़ीलैंड | भारत | दक्षिण अफ्रीका | चीन

हिन्द पॉकेट बुक्स, पेंगुइन रैंडम हाउस ग्रुप ऑफ़ कम्पनीज़ का हिस्सा है,
जिसका पता global.penguinrandomhouse.com पर मिलेगा

पेंगुइन रैंडम हाउस इंडिया प्रा. लि.,
चौथी मंजिल, कैपिटल टावर -1, एम जी रोड,
गुड़गांव 122 002, हरियाणा, भारत

पेंगुइन
रैंडम हाउस
इंडिया

प्रथम संस्करण हिन्द पॉकेट बुक्स द्वारा 2011 में प्रकाशित
यह संस्करण हिन्द पॉकेट बुक्स में पेंगुइन रैंडम हाउस द्वारा 2022 में प्रकाशित

10 9 8 7 6 5 4 3 2

इस पुस्तक में व्यक्त विचार लेखक के अपने हैं, जिनका यथासंभव तथ्यात्मक सत्यापन किया गया है, और इस संबंध में प्रकाशक एवं सहयोगी प्रकाशक किसी भी रूप में उत्तरदायी नहीं हैं।

ISBN 9789353491888

मुद्रकः रेप्रो इंडिया लिमिटेड

www.penguin.co.in

MIX
Paper from responsible sources
FSC www.fsc.org
FSC® C047271

This is a legitimate digitally printed version of the book and therefore might not have certain extra finishing on the cover.

हिन्द पॉकेट बुक्स

महान संत

मीरा

ये बड़े-बड़ों की जीवनियां हैं, जिन्हें छोटों एवं किशोरों के लिए सजाया-संवारा गया है, ताकि इन्हें पढ़कर उनमें उनके जैसा बनने, ऊंचा उठने और दुनिया में बड़ा नाम कमाने की प्रेरणा जगा सकें।

महान हस्तियों की ये जीवनियां बहुत आसान भाषा में और कहानियों की तरह रोचक ढंग से लिखी गई हैं। इसलिए इन्हें याद करने में भी बड़ी आसानी होगी।

सभी जीवनियों में 8-8 चित्र और आखीर में एक प्रश्नावली दी गई है, ताकि पढ़ने के बाद लगे हाथ आपकी परीक्षा हो सके।

कृष्ण की प्रेम दीवानी थी मीरा। भक्तों में महान भक्त। नंदलाल सदा उनके नैनों में बसे रहते। अपना आपा, अपनी सुध-बुध सब खो दी थी मीरा ने। वह कहतीं - 'मीरा' प्रभु संतन सुखदाई, भक्त बछल गोपाल। मीरा का सारा जीवन प्रेरणा का श्रेष्ठ उपहार है और उनके भजन भी अमर-अमिट हैं। पढ़िए, एक संत-भक्त महिला की रोचक जीवन-कथा।

क्रम

मीरा के भजन

मीरा का दूल्हा

"मां, यह देखो ना! क्या है यह?" रनिवास के ऊपरी तल्ले के कमरे में से नीचे झांकते हुए बालिका मीरा अपनी माता युवरानी वीर कुंवरि को पुकार रही थी। वीर कुंवरि उस समय दासी से सिंगार करवा रही थीं।

"क्या है री?" बैठे-बैठे ही पूछने लगीं वीर कुंवरि।

"आकर देखो न मां।" मीरा न हठीले स्वर में फिर कहा।

वीर कुंवरि उठकर खिड़की के पास आ गईं।

मीरा ने नीचे बाजे-गाजे के साथ जाती हुई भीड़ को दिखा कर पूछा, "यह सब क्या है मां?"

"बारात है।"

"बारात! ...वह क्या होती है मां?" बच्चों जैसे अचम्भे से मीरा ने पूछा। पांच-छह वर्ष की आयु थी उसकी। पहली बार देख रही थी यह सब। आगे-आगे ढोल-मजीरे, ताशे, शहनाई आदि बाजे बजाते कुछ लोग और उनके पीछे सजे-धजे लोगों की भीड़ में घिरा घोड़ी पर चढ़ा तथा सेहरों से लदा एक लड़का।

मीरा को अजीब लगा वह सब। भला भी लग रहा था उस को देखना। मां ने उस सबको नाम दिया था 'बारात'। उसके बारे में बालिका और भी कुछ जान लेना चाहती थी।

वीर कुंवरि को बारात के बारे में सरल शब्दों में बताना पड़ा था, "बारात वह होती है, जिसमें दूल्हे के घर वाले उसे साथ लेकर बाजे-गाजे के साथ जाते हैं दुल्हन के घर।"

दुल्हन के मायने तो वह कन्या के रूप में जानती थी, पर वह ज़्यादा समझ नहीं पाई। उसकी समझ में यह बात भी नहीं आई कि दुल्हन के घर बारात लेकर जाने का मतलब क्या है?

"क्या होता है मां?" बालिका ने समझना चाहा।

"होता है लड़का...वह लड़का, जिसका किसी दुल्हन के साथ ब्याह होता है...।"

"ब्याह क्या होता है मां?" एक और नई बात उभर आई।

"ब्याह!...ब्याह होता है, तो दुल्हन अपने दूल्हा के घर सदा के लिए उसके साथ रहने चली जाती है। जैसे तुम्हारे पिता जी के घर मैं रह रही हूं।"

"तो तुम भी दुल्हन हुईं न मां और पिता जी तुम्हारे दूल्हा?" मीरा ने पूछा।

"हां।"

"मां...मैं भी तो दुल्हन बनूंगी ना?"

"हां, तुम भी बनोगी।"

"तो फिर मेरा दूल्हा कौन है?" मीरा ने भोलेपन से पूछ लिया।

भोलेपन से किया गया मीरा का यह सवाल वीर कुंवरि को बड़ी परेशानी में डाल गया। अब वह क्या बताएं और किसके लिए कह दें कि वह है तुम्हारा दूल्हा। यह भी किस तरह समझाएं कि अभी तुम दूल्हा पाने वाली आयु में नहीं पहुंची हो। वह अपनी बेटी की आदत को अच्छी तरह जानती थीं कि वह अब ब्याह का

आयु आदि के बारे में सवाल करने लग पड़ेगी। तब तो और भी कठिन हो जाएगा समझाना।

अभी वह सोच ही रही थीं कि बात को कैसे टालें, तभी बाहरी दरवाज़े से भागती हुई आ पहुंची ललिता। ललिता थी मीरा की बाल-सखी और दासी। उसने पुरोहित जी के आने की सूचना दी। यह भी बताया कि वह नई मूर्ति बनवाकर दिखाने लाए हैं।

"जाओ ललिता, लिवा लाओ पुरोहित जी को। देखें तो कैसी बनी है मूर्ति।" वीर कुंवरि कहते हुए अपनी दासी की ओर बढ़ गईं।

ललिता बाहर ड्योढ़ी की ओर चल दी। मीरा को कुढ़न होने लगी। उसका सवाल जो यूं ही रह गया था। वह जान लेना चाहती थी कि जब हर दुल्हन का कोई दूल्हा होता है, तो मेरा भी कोई-न-कोई होगा ही और है, तो वह कौन है! मां बता क्यों नहीं रहीं?

"बताओ न मां, कौन है मेरा दूल्हा?" उतावलापन था आवाज़ में।

तभी ललिता पुरोहित जी को लिवा लाई। उनके हाथों में कृष्ण की एक छोटी-सी सुन्दर मूर्ति थी। शानदार वस्त्र पहने मोर-मुकुट लगाए और हाथों में मुरली थामे कृष्ण कन्हैया।

"यही है तुम्हार दूल्हा!" वीर कुंवरि ने बेटी के सवालों को टालने के लिए मूर्ति की ओर संकेत करके कह डाला।

मीरा एकटक निहारने लगी कृष्ण के उस सुन्दर चेहरे को। वह मन-मन्दिर में बसाने लगी अपने सांवरे-सलोने दूल्हा को।

उसे लगा मानो मन में शान्ति छा गई है। मेड़ता-दुर्ग के पास से गुजरती बारात के ढोल-ताशों की अवाजें उसे कहीं अपनी ही

बारात के बाजे-गाजों सी लगने लगी थीं। उसी दिन से कृष्ण कन्हैया मीरा का दूल्हा हो गया और मीरा हो गई अपने सांवरिया की प्रेम-दीवानी।

सन् 1561 में जन्मी मीरा तब छोटी ही तो थी। सुबह से शाम तक उसी मूर्ति को सजाने-संवारने, भोग लगाने, उसके सामने मतवाली होकर नाचने-रिझाने में मस्त रहने लगी। इसमें सहयोगी थी उसकी सखी और दासी ललिता।

ब्याह की कहानी

दोनों को अपने गोपाल के सिवा और कुछ सुझाई नहीं देता था। घर-परिवार में से कोई भी इस में बाधा भी नहीं देता था। सिवा जयमल के। जयमल था मीरा के ताऊ वीरमदेव का पुत्र। कोई भी सगा भाई न होने के कारण जयमल को ही वह अपना सगा भाई मानती थी। जय को भी मीरा से बड़ा प्रेम था। दोनों बराबर के से थे।

इसी प्रकार धीरे-धीरे समय गुज़रता गया। बालपन पल-पल कर सरकता गया। लड़कपन आ पहुंचा। कृष्ण कन्हैया को सजाने-संवारने में एक नया ही आनन्द आने लगा। भोग लगाने में अनोखा रस मिलने लगा। सांवरे-सलोने को रिझाने के लिए नाचते समय ताली की ताल बदल गई। कीर्तन के समय गाए जाने वाले भजनों के बोल बदल चले।

किशोरी मीरा के जीवन में कृष्ण, ललिता और जयमल के सिवा कोई भी आ नहीं सका था। माता का देहान्त हुए कई वर्ष बीत गए थे। पिता राज-काज में व्यस्त रहते थे।

ऐसे में प्रेम के नाम मीरा को जो कुछ भी मिला, वह कृष्ण की मूर्ति के लिए अटूट भक्ति-भाव, ललिता और जयमल का प्यार

ही था। यही थी मीरा की कुल पूंजी। वह पूरी तरह खुश थी इस पूंजी से, बल्कि मन-ही-मन शंका में भी रहने लगी थी कि कहीं कुछ छिन न जाए।

एक दिन जयमल एक ख़बर लेकर आ गया, तो मीरा सिहर उठी। लगा कि शंका बेकार नहीं थी। अब अवश्य कुछ होने वाला है। ख़बर जो जयमल लाया था, वह मीरा के ब्याह के बारे में थी।

"अब तेरा ब्याह होगा मीरा, तेरी बारात आएगी। बाजे बजेंगे और फिर तू अपनी ससुराल चली जाएगी।" जयमल ने खुशी से भरकर ख़बर सुनाई।

इस ख़बर को सुनकर सिहर गई थी मीरा। अब वह कोई पांच साल की बालिका तो थी नहीं, जो ब्याह, दूल्हा और ससुराल का मतलब न समझती हो, फिर भी पता नहीं क्यों उसे ऐसा लगा, मानो कोई बहुत बड़ी अनहोनी होने जा रही है उसके साथ। पूरे बारह साल की हो चुकी थी वह। समझदार थी, पर मन तक यह सारी बात जैसे पहुंच ही न पाई थी कि इतनी बड़ी हो चुकी है। बेचैन दिल में एक हूक सी उठी-मेरा तो ब्याह कब का हो चुका। यही तो दूल्हा है मेरा, जिसके सामने नाचती हूं, जिसे सजाती-संवारती रहती हूं, जिसे भोग लगाती हूं, जिसे आठों पहर अपनी आंखों में बिठाए रखती हूं। अब इसे छोड़ किसी दूसरे को आंखों में कैसे बिठा सकती हूं।

सुनकर चकित हो आया था जयमल, "पर बात तो अब पक्की हो चुकी है।"

"नहीं, जय, ऐसा न होने दो। तुम उन्हें समझाओ।" मिन्नत

करने लगी मीरा, "मुझसे वह सब सहा नहीं जाएगा। मैं यहां से कहीं नहीं जाना चाहती," एक ही सांस में वह कह गई, "मैं दूसरा ब्याह नहीं कराऊंगी।"

कहने को तो कह गई मीरा कि दूसरा ब्याह नहीं कराऊंगी, पर इतना कहकर चौंक गई और अचरज हुआ अपने पर।

"कहां पर बात पक्की हुई है कुंवर जी?" पूछा था ललिता ने।

"चित्तौड़-नरेश राणा सांगा के पुत्र भोजराज के साथ।" जयमल के कहने के ढंग से गर्व झलक रहा था। बहन का रिश्ता इतने बड़े राजघराने में जो होने वाला था।

"तब तो बड़भागी हैं हमारी मीरा रानी जी अब महारानी बनने का मौका मिल रहा है!" ललिता ने खुश होकर कहा।

मीरा चिढ़कर कहने लगी, "मुझे नहीं बनना रानी-महारानी। मैं तो अपने सांवरिया की दासी ही भली।"

जयमल ने मीरा के मन की बात अपने दादा, पिता और चाचा से कह दी, बल्कि पूरी कोशिश की कि किसी प्रकार वे लोग मान जाएं, परन्तु न दूदा जी माने, न वीरमदेव जी। रत्नसिंह जी के मन में अवश्य एक बार पुत्री के प्रेम का हलका-सा उबाल उठा, पर फिर बैठ गया था।

एक दिन मीरा की सगाई हो गई, फिर चढ़ी बारात और मीरा को विवाह की वेदी पर अग्नि के पास बैठा दिया गया। उसे बराबर यही लगता रहा, जैसे बलि-वेदी पर बैठा दी गई है। उसे लगा, मानो किसी गाय को रस्सी से जकड़ दिया गया है। अग्नि के फेरे

लेती मीरा को ऐसा लगा, जैसे उसकी भावनाओं को चिता में जलाया जा रहा है।

कन्यादान के समय तो कोमल मन मीरा का रोम-रोम रो पड़ा। वह तड़प उठी। भीतर एकदम विद्रोह की आग सी उठी, पर यह भाव दबा-का-दबा ही रह गया मर्यादा के बोझ से।

फेरों से निबटते ही वह लपकी कमरे में रखी अपने सांवरिया की मूर्ति की ओर। बिछ-सी गई कन्हैया के पांवों में। सारा-का-सारा विद्रोह फूट बहा आंसू बनकर।

जब आई विदा की बेला, तो मीरा के भीतर का विद्रोह हठ का रूप धरकर बैठ गया। हठ भी यह कि मेरे गिरिधरलाल की मूर्ति भी संग-संग ही विदा होगी। साथ ही सखी ललिता भी जाएगी।

मीरा का प्रेम

इस प्रकार अपने गिरिधर तथा ललिता के साथ मीरा डोली में सवार हुई और जा पहुंची चित्तौड़गढ़ राणा की बहू बनकर। ससुराल में सास ने दूल्हा से देवी-पूजन करवाकर दुल्हन से भी कहा पूजन के लिए, पर मीरा का यहां भी हठ उभर आया। बोली, "नहीं, मैं पूजन नहीं करूंगी। मैं किसी देवी-देंवता को नहीं मानती अपने कृष्ण-कन्हैया के सिवा," दृढ़ थी मीरा, "मेरा सिर तो गिरिधर के आगे ही झुकेगा। वही मेरे नाथ हैं।"

राणा परिवार के सारे लोगों की आंखें गड़ गईं मीरा के चेहरे पर। हैरान खड़े थे सब। सास चुप न रह सकी। पहले तो बहू को डांटा-फटकारा, फिर पति के कान भरे। दंड में मीरा को एकान्तवास दे दिया गया।

मीरा को लगा कि यह दंड नहीं वरदान है। पति के संग की पीड़ा से छुटकारा पा गई वह। अपने सांवरिया के संग एकान्त का सुख मिल गया।

एकान्त में मीरा को कोई कष्ट था, तो ललिता से अलगाव का। उसे भी मिलने की मनाही कर दी थी।

इसी बीच मीरा की बाल-विधवा देवरानी अजब कुंवरी उसके सम्पर्क में आई। यह मिलन गहरा होता गया। अजब कुंवरी भी मीरा की तरह कृष्ण-भक्तिन थी। उसे मीरा की चौकसी रखने पर तैनात किया गया था। चौकसी का रिश्ता धीरे-धीरे सखी का सम्बन्ध बन गया।

मीरा पर नज़र रखने के लिए कभी-कभी उसकी ननद ऊदां भी आ जाया करती थी। ऊदां ने अपने तौर पर मीरा को समझाने की भी कोशिश की कि वह अपनी हठ छोड़कर क्षमा मांग ले, पर मीरा न मानी।

एक दिन ऊदां ने कहा, ''भाभी, तुम छोड़ क्यों नहीं देतीं यह बेकार की हठ?''

''कौनसी बेकार की हठ? तुम लोग इसे बेकार की समझते हो? यह तो मेरी भक्ति की भावना का वध करना होगा। ऐसा करने से तो मैं मर जाना अच्छा समझूंगी।''

और ऊदां हार गई थी।

मेरो पति सोई

इसी प्रकार समय सरकता गया। मीरा एकान्त में ही सोलह साल की हो गई। समय के साथ-साथ ही कृष्ण-भक्ति का ज्वार भी अधिक उभरने लगा। भक्ति में कंठ तक डूबी मीरा के सुरीले गले से निकलते मधुर गीत हर समय उसके कमरे से आते सुनाई देने लगे।

मतवाली मीरा अपने सांवरे के सामने झूम-झूमकर नाचती, तालियों की ताल दे-देकर गीत गाती रहती। घर-परिवार, पूरे संसार को भूल जाती। बस, वह एक थी और एक था उसका सांवरिया। किसी से कोई ग़रज़ न रह गई थी। गिरिधर गोपाल के सिवा दूसरा कोई भी उसका नहीं रह गया था। रह-रहकर यह गीत फूट पड़ता उसके मुख से

मेरे तो गिरधर गोपाल, दूसरो न कोई,
जाके सिर मोर मुकुट मेरो पति सोई।

यही गीत गा रही थी कि एक दिन रोती-रोती ऊदां आ गई। मीरा के पति की मृत्यु की ख़बर लेकर। ख़बर सुनकर मीरा के गीत के बोल उस समय तो मुंह से निकलने बन्द हो गए, पर मन में कहीं और अधिक गहरे हो उठे।

भोजराज की मृत्यु पर जब सब रो-धो लिए, तो प्रथा के अनुसार सवाल उठा मीरा के सती होने का। सास ने ही कहा था सती होने को। मीरा ने साफ़ मना कर दिया और कह डाला

मीरा के रंग लाग्यौ हो नाम हरि, और रंग अंटकि परी।
गिरधर गास्यां सती न होस्यां, मन मोह्यो धननामी॥

सास ने ताने मारे, ननद ने उलाहना दिया, ससुर चुप रहे, पर देवर रत्नसिंह ने पक्ष लिया मीरा का। सती होने की बात टल गई।

ज्यों-ज्यों दिन बीतने लगे, विधवा मीरा की सुन्दरता और यौवन घरवालों की दृष्टि में गड़ने लगा। मन-ही-मन वे कुढ़ते रहते। कभी-कभी कुढ़न शब्दों में ढलकर मीरा पर बरस भी पड़ती, फिर भी उसे किसी प्रकार का कष्ट या दण्ड नहीं दिया जाता था, क्योंकि ससुर राणा सांगा उन दिनों दिल्ली के मुग़ल बादशाह बाबर को भारत से भगाने का प्रयत्न कर रहे थे। राणा को मीरा के पिता रत्नसिंह और भाई जयमल की सहायता चाहिए थी।

राणा सांगा ने उन्हीं दिनों बयाना पर हमला कर दिया। मुग़ल सेना के साथ घमासान युद्ध हुआ। जयमल ने अपनी तलवार के जौहर दिखाए। उसने मुग़ल फ़ौजों के छक्के छुड़ा दिए। मीरा के पिता रत्नसिंह ने भी युद्ध में अपना साहस दिखाया। बयाना का किला जीत लिया गया, पर रत्नसिंह और जयमल युद्ध में शहीद हो गए।

मृत्यु की ख़बर पाकर मीरा को धक्का लगा। कई दिन तक

वह एकदम गुमसुम पड़ी रही। आख़िर एक रात अचानक उठकर अपने गिरिधर गोपाल के चरणों में गिर फूट-फूटकर रो पड़ी। जाने कब तक रोती रही, फिर रुलाई की सुबकियों के बीच ही फूट पड़े ये शब्द

मेरे तो गिरिधर गोपाल, दूसरो न कोई।

महलों के षड्यंत्र

मीरा ने अपने मन की पीड़ा को दूर करने के लिए एक ओर तो गिरिधर से भक्ति जोड़ रखी थी, दूसरी ओर अब साधु-सन्तों की संगत में अपने को लगाए रखना भी आरम्भ कर दिया था। वह खूब सत्संग करती, नाचती-गाती। रोज़ नए भजनों की रचना होने लगी।

मीरा की भक्ति भावना घर वाले शायद सह जाते, पर साधु-सन्तों की संग में अपनी बहू का इस प्रकार लाज खोकर नाचना-गाना राणा सांगा को भी पसन्द नहीं था। राजघराने की मर्यादा को लांघकर मीरा जब ऐसा रूप धर लेती, तो परिवार के लोग जल-भुन जाते। साधुओं को दान-दक्षिणा देने में उ़न्हें कोई बुराई न लगती थी। मन्दिर बनवाने में भी कोई परेशानी न थी, पर पराए आदमियों के सामने नाचना-गाना गले न उतरता था। राणा सांगा की बहू का साधु-सन्तों के साथ इस प्रकार की संगत देखकर लोग जब उंगलियां उठाने लगे और मीरा पर तरह-तरह के ताने कसने लगे, तो एक दिन ससुर ने बहू को बुलवाकर कहा, "यह सब बन्द कर दो बहू।"

"क्या बन्द कर दूं महाराज?" बड़े भोले भाव से पूछा मीरा ने।

"यही पराए लोगों के सामने नाचना-गाना।"

"लेकिन महाराज, वे तो भगवान के भक्त हैं, पराए लोग कहां हैं?"

"हम तुमसे बहस नहीं करना चाहते। आज के बाद ऐसा कोई जमावड़ा नहीं होगा। यह हमारा हुक्म है।"

संयोग की बात कि अगला जमावड़ा होने से पूर्व ही राणा सांगा और बाबर के बीच खानवा में युद्ध हुआ राणा। इस हद तक घायल हो गए कि कुछ ही दिन में उनकी मृत्यु हो गई। चित्तौड़ की गद्दी पर बैठे राणा रत्नसिंह।

परिवार में भीतरी षड्यन्त्र बहुत समय पहले से चल रहे थे। राणा सांगा के समय में ही रानियों के दो गुट इसमें लगे हुए थे। एक गुट था हाड़ा राव नर्वद की पुत्री कर्मवती और उसके भाई सूरजमल का, दूसरा था कुंवर रत्नसिंह की मां और राठौर राव सूजावत की पुत्री धनबाई का। इन गुटों में इस सीमा तक दुश्मनी थी कि रानी कर्मवती ने अपने दोनों पुत्रों विक्रमादित्य तथा उदयसिंह के लिए राणा से अलग जागीर मांगी थी और फिर रत्नसिंह के राणा बनने पर अपने भरोसे के एक सरदार अशोक द्वारा मुग़ल बादशाह बाबर तक की मदद मांगी थी, ताकि किसी तरह राणा रत्नसिंह को ख़त्म कर दिया जाए।

राणा रत्नसिंह भी इसी कोशिश में था कि किसी तरह रानी कर्मवती और उसके भाई सूरजमल को मारकर रणथम्भोर को फिर से अपने क़ब्ज़े में कर ले। आख़िर इसी कोशिश में राणा रत्नसिंह की भी मृत्यु हो गई।

रत्नसिंह के बाद चित्तौड़ की गद्दी पर बैठा राणा विक्रमादित्य। शासन के लिए वह बेकार था। उसने अपने सेवकों के अलावा दरबार में सात हज़ार पहलवान भी रख लिए थे, जिनके बल पर वह सरदारों का मज़ाक़ उड़वाया करता था। अमन-चैन नाम की कोई चीज़ रह ही नहीं गई थी।

विक्रमादित्य बड़ा विलासी था। झूठी शान बघारना उसकी आदत थी। वह बहुत घमण्डी था। मीरा पर उसकी बुरी नज़र शुरू से थी। राजा बन जाने के बाद वह उसे वश में कर लेना चाह था।

रानी धनबाई राजमाता बन गई थी। इसलिए उसकी दुश्मन कर्मवती के गुट के लोगों की हरकतें दब गई थीं।

राणा विक्रमादित्य ने एक बार अपनी एक ख़ास कुटनी को मीरा के पास भेजा, ताकि वह उसे फुसलाकर राणा के रनिवास की सजावट बना सके, पर मीरा ने उलटे उसे बुरी तरह फटकार कर निकाल दिया और साथ ही उसी के द्वारा राणा को यह भी कहलवा दिया कि ऐसी सोच को अपने मन से निकाल फेंके, नहीं तो बहुत बुरा होगा।

"क्या बुरा होगा?" राणा इस धमकी का भाव समझना चाहता था, "आख़िर वह कर क्या लेगी हमारा? तुमने क्या समझा? वह किस बात की ओर इशारा कर रही थी?"

"मुझे लगता है महाराज, वह प्रजा में आपको बदनाम करके लोगों को विद्रोह के लिए भड़का देगी।" कुटनी ने कहा। राणा भी इसी शक में डूब गया था।

मार सके न कोई

कृष्ण-जन्माष्टमी मीरा बड़े धूमधाम से मनाया करती थी। उस दिन अपने गिरिधर गोपाल का ख़ास सिंगार करती। तरह-तरह की झांकियां और हिण्डोले सजवाती। साधु-सन्तों को बढ़िया भोजन कराती।

आज भी कृष्ण-जन्माष्टमी थी। मीरा कामों में उलझी हुई थी। ललिता भी उसके साथ थी। तभी एक दासी हाथ में सुन्दर पिटारी लिए कमरे में आई। बन्द पिटारी को मीरा के पास रखकर दासी कहने लगी, "यह राणा जी ने भिजवाई है।"

"क्या है इसमें?"

"कह रहे थे, जन्माष्टमी की भेंट है। कृष्ण जी की मूर्ति।"

कृष्ण-मूर्ति का नाम सुनते ही मीरा खुश हो गई। अपने मोहन की नई मूर्ति को देखने के विचार से सम्मोहित मन के साथ उसने पिटारी का ढक्कन हटा दिया और उसी हालत में पिटारी में फन उठाए काले सांप को दोनों हाथों से पकड़कर उठा लिया।

ललिता चीख़ उठी। उसने मीरा को धक्का देकर परे फेंक दिया, ताकि सांप उसके हाथों से छूट गिरे।

मीरा धक्का खाकर गिरी हालत में भी सांप को अपने हाथों में थामे रही। मोहन का सम्मोहन अभी तक नहीं टूटा था और वह सांप को अपने सांवरे की मूर्ति ही समझ रही थी।

"रानी जी, फेंक दो इसे। यह सांप है।" चीखते हुए कह रही थी ललिता। दासी तो सांप देखते ही बाहर भाग गई थी।

ललिता की आवाज ने मीरा का सम्मोहन तोड़ा, तो उसने सांप को छोड़ दिया। छूटते ही सांप तेज़ी से सरसराता हुआ बाहर चला गया। मीरा उस जाते हुए सांप की बलखाती-सरसराती हुई लीक देखती रह गई। लगा कि सीने में भी एक बलखाती-सरसराती लीक खिंचती चली जा रही है और भीतर से कुछ खींचती बाहर ला रही है, पर है क्या जो खिंचा चला आ रहा है? यह पूरी तरह साफ नहीं हो पाया था।

दृश्य उजागर तो कई दिन बाद हो पाया और जिस घटना से हुआ, वह यह थी कि राजमहल में कृष्ण-कीर्तन का बड़ा आयोजन किया गया था। राणा ने खुद भी कीर्तन में भाग लिया। भक्ति में बहकर झूम-झूम रहा था राणा। दिखावा था सब। मीरा पर अपने मन के बदलाव की बात जमाने के लिए। सांप वाली घटना का मीरा पर हुआ असर मिटाने के विचार से राणा ने उस घटना के फ़ौरन बाद खुद जाकर मीरा से क्षमा मांगी थी और कहा था कि वह पछतावे की आग में जलने लगा है। प्रायश्चित्त करने के लिए ही राणा ने कृष्ण-कीर्तन का आयोजन किया था। मीरा भी थी कीर्तन में।

कीर्तन के बाद मीरा ललिता के साथ अपने कमरे में चली

गई। राणा अपने ख़ास मुसाहिब दयाराम पण्डा को साथ ले मन्त्रणा कक्ष में चला गया। कुछ देर तक गुप्त मन्त्रणा हुई, फिर कुछ हुक्म सुनाए गए।

उधर मीरा से पूछ रही थी ललिता, ''रानी जी, क्या आपको लगता है कि राणा जी वास्तव में बदल गए हैं?''

''मैंने इस पर विचार ही नहीं किया।''

''करना तो चाहिए न।''

''क्यों? क्या जान के मोह में?'' हलकी मुस्कान फैल गई मीरा के होठों पर।

''और नहीं तो क्या?'' ललिता ने कहा।

''मुझे अपनी जान का कोई मोह नहीं। हो भी क्यों? यह जान तो उलटे बाधा बन रही है हमारे मिलन में। आत्मा बेचैन है गिरिधर गोपाल में समा जाने को, पर वही शायद अभी नहीं रीझा है पूरी तरह। तभी तो तड़पा रहा है। जिस दिन चाहेगा, बुला लेगा। जब तक नहीं चाहता, तब तक भटकाता रहेगा मुझे। यह जीवन तो भटकना है ललिता, सो भटकन से मोह कैसा?''

तभी दरवाज़े पर खड़ा दिखाई दिया दयाराम पण्डा।

'पालागन पण्डा जी महाराज!'' ललिता पण्डा जी को देखकर उठ खड़ी हुई।

पण्डा जी के हाथों में सोने का प्याला था।

''राणा जी ने भगवान का चरणामृत भेजा है रानी जी के लिए।'' पण्डा जी ने कहा।

ललिता ने आगे बढ़कर चरणामृत का प्याला ले लिया।

कृष्ण के चरणों से छुए हुए जल का पान करने को मचल उठी थी मीरा। वह उठी और आगे बढ़कर प्याला थाम लिया। प्याला लेकर पहले तो अपने माथे से छुआया, फिर आंखें मूंदकर अपने मोहन का स्मरण किया और फिर आंखें मूंदे-मूंदे ही प्याला मुंह से लगा लिया। एक ही घूंट में सारा चरणामृत पी कर ख़ाली प्याला ललिता को थमा दिया। ललिता ने प्याला लौटा दिया पण्डा जी को। ख़ाली प्याला थामते हुए पण्डा जी के हाथ कांप गए। प्याला फ़र्श पर गिर पड़ा।

''क्या हुआ पण्डा जी?'' ललिता ने पूछा।

''बुरा हो गया।'' आवाज़ भी कंपकंपा गई पण्डा जी की।

''कैसा बुरा पण्डा जी?'' इस बार मीरा ने पूछा।

''आप तुरन्त उलटी कर दीजिए रानी जी, हलक़ में उंगलियां डालकर। मैं अभी वैद्यराज को बुलाकर लाता हूं।'' कहते ही पंण्डा जी बाहर को लपकने लगे।

मीरा ने पूछा, ''आख़िर बात क्या है? क्या था इस चरणामृत में?''

''यह चरणामृत नहीं ज़हर था और मैं मजबूर था राणा जी के हुक्म का पालन करने को, पर अब आप फ़ौरन ही उलटी कर दें। मैं चला वैद्यराज को लिवाने।'' कहकर पण्डा जी दौड़ पड़े।

ललिता तड़पकर लिपट गई मीरा के पैरों से। मिन्नतें करने लगी उलटी के लिए, पर मीरा शान्त मन आंखें मूंदे बैठी रही। न उलटी कर रही थी, न कुछ बोल ही रही थी। बस, ध्यान लगा रखा था और ध्यान था अपने गिरिधर गोपाल में।

तभी दरवाज़े से दबे पांव चला आया आनन्दी महाराज। राजमहल का मुख्य रसोइया। जो खुले रूप में राणा का भरोसे का आदमी था, पर वास्तव में मीरा का शुभचिन्तक भी था। दो-चार बार उसने इधर-उधर झांका और फिर फुसफुसाहट भरे स्वर में कहा, "चिन्ता न करें रानी जी प्याले में ज़हर नहीं था। मैंने ज़हर के स्थान पर पहले ही कुछ और मिला दिया था। बस, आपको दो-चार बार शौच जाने का कष्ट होगा और कुछ नहीं।" इतना कहते ही वह गर्दन झुकाकर लौट गया।

रणछोड़जी की शरण

मीरा ने उसी रात ललिता से कह दिया, "अब चित्तौड़ से मेरा मन उखड़ गया है।"

"सो तो होता ही। चलिए, मेड़ता चलें।"

"वहां भी अब क्या रह गया है ललिता?"

"ताऊ जी तो हैं।"

"लगता है, वह भी अब अधिक दिन वहां नहीं रह पाएंगे। कुछ ही दिन हुए एक ख़बर आई थी कि ताऊ जी मेड़ता छोड़कर अजमेर बसने की सोच रहे हैं।"

"क्यों रानी जी? आपके दादा जी की मृत्यु के बाद से तो अब ताऊ वीरमदेव जी ही मेड़ता के राजा हैं, फिर वह मेड़ता काहे को छोड़ देंगे?"

"राज-काज में सौ झंझट होते हैं ललिता, राव मालदेव सेना लेकर मेड़ता पर चढ़ आया था। ताऊ जी में अब लड़ने की शक्ति नहीं रह गई। सो मेड़ता छोड़ देना तय हुआ है, पर छोड़ेंगे कब, यह पता नहीं। चलो, अभी तो हम वहीं चलते हैं, फिर देखेंगे।"

और फिर मीरा और ललिता ने अगले ही दिन चित्तौड़ छोड़

दिया और जा पहुंचीं मेड़ता, पर अधिक दिन न रह सकीं। ताऊ वीरमदेव तथा परिवार के दूसरे लोगों के संग अजमेर जाना पड़ गया। वहां भी एक ही वर्ष रह पाईं, क्योंकि मालदेव ने अजमेर पर भी अधिकार कर लिया था और वीरमदेव किसी गुप्त स्थान में जा छिपे थे।

मीरा ने ललिता के साथ पुष्कर जी पर स्नान-ध्यान किया और फिर वहां से चल दीं वृन्दावन की ओर। वृन्दवन मीरा के गिरिधर गोपाल की क्रीड़ास्थली। वृन्दावन में ही मीरा मिलने गई थी जीव गोस्वामी से जो अपने समय के बहुत बड़े विद्वान और कृष्ण-भक्त थे। उन दिनों वृन्दावन आए हुए थे। जीव गोस्वामी ने प्रण कर रखा था कि वह स्त्री का चेहरा कभी नहीं देखेंगे।

मीरा ने जब जीव गोस्वामी के ठिकाने पर जाकर सूचना भिजवाई, तो गुसांईं जी ने कहला भेजा कि मिलना नहीं हो सकता।

''क्यों नहीं हो सकता?'' मीरा ने पूछा।

''इसलिए कि गुसांईं जी ने स्त्री का चेहरा न देखने का प्रण कर रखा है।'' सूचना लाने वाले ने साफ़ कह दिया।

''जाकर कह दो गुसांईं जी के वृन्दावन में तो मैं सबको सखी के रूप में ही जानती थी। यहां एक ही पुरुष है और वह है गिरिधर गोपाल। यह आज पता चला कि गिरिधर गोपाल का एक और जोड़ीदार भी है यहां।''

यह बात इसी रूप में सुनकर गुसांईं जी बहुत लज्जित हुए और खुद बाहर आकर मीरा को सम्मान के साथ भीतर लिवा ले गए।

वृन्दावन में कुछ दिन रहने के बाद मीरा ललिता को लेकर द्वारिका चली गई और वहां समुद्र-तट पर बने रणछोड़जी (कृष्णजी) के मन्दिर में टिक गई।

मन्दिर में गिरिधर गोपाल की मूर्ति की छटा देखते हुए कभी थकती ही न थी मीरा। सारा समय उसी मूर्ति के सामने बैठी एकटक निहारती रहती। रणछोड़जी की मूर्ति का मोहक रूप देखकर मीरा का मन बन्धकर रह गया। लगा कि बस यही द्वार है उस भवन का जो मेरी मंज़िल है और जहां मुझे जाना है।

अकबर आए द्वार

कई वर्ष बीत गए द्वारिका में। रणछोड़जी के मन्दिर में मीरा के ठहरे होने की ख़बर चारों ओर फैलने लगी थी।

मीरा की अनोखी भक्ति और उसकी सुन्दरता की गूंज मीरा के दिनों-दिन लोकप्रिय हो रहे भजनों के साथ-साथ देश-भर में पहुंच गई थी।

मुग़ल सम्राट अकबर के कानों तक भी पहुंची थी यह बात अपने दरबारी तानसेन द्वारा। तानसेन की सुरीली आवाज़ में मीरा के कई भजन सुने थे अकबर ने। मीरा की सुन्दरता की तथा उसके कोयल जैसे गले की तारीफ़ भी सुनी थी। बेचैन हो उठा था अकबर मीरा के दर्शन करने को। तानसेन को साथ लेकर गुजरात जा पहुंचा।

द्वारिका में रणछोड़जी के मन्दिर के दरवाज़े पर शाही सवारी आकर रुकी। भीतर ख़बर पहुंचाई गई। मीरा उस समय कृष्ण को भोग लगा रही थी। ललिता भागी-भागी पहुंची मीरा के पास।

"रानी जी, आपसे मिलने पधारे हैं अकबर बादशाह। साथ में तानसेन जी महाराज भी हैं।"

"दोनों को आदर सहित लिवा लाओ ललिता।" सीधे से कहकर मीरा भोग लगाने का काम करने लगी।

ललिता उन्हें लिवाने चली गई।

वे लोग जब आ रहे थे, तब मीरा प्रसाद की थाली लिए दरवाज़े पर आ खड़ी हुई थी स्वागत के लिए।

अकबर ने मीरा को देखा, तो अचानक मुंह से निकल गया, "सुबहान अल्लाह!"

सफ़ेद कपड़ों में लिपटी इस सादगी में भी देवी जैसी लग रही थी। उसे देखकर शहंशाह का सिर आदर से झुक गया।

मीरा ने दोनों हाथ जोड़कर प्रणाम किया और थोड़ा सिर झुकाया। इसी प्रकार तानसेन का भी स्वागत किया।

तानसेन ने दस बरस पहले भी एक बार देखा था मीरा को। चित्तौड़गढ़ में हुई एक संगीत-सभा में गए थे वह। उन दिनों वह राजा रामचन्द्र बघेला के दरबार में थे।

दस बरस बाद भी मीरा की सुन्दरता में रत्ती-भर भी कमी न आई थी। तानसेन को यह देखकर अचरज हुआ। पैंतीस बरस की हो चुकी थी मीरा, पर देखने में पच्चीस की ही लग रही थी अभी तक।

उस बीच ललिता मेहमानों के लिए आसन बिछा चुकी थी। मीरा ने आदर से उन्हें बैठाया, फिर भोग का प्रसाद दिया।

अकबर और तानसेन ने बड़े प्रेम से प्रसाद लिया, फिर अकबर ने बात शुरू की, "हमने आपके भजन सुने हैं मीराबाई, आपकी भक्ति की भी बड़ी बातें सुनी हैं। तानसेन जी तो आपके भजनों के दीवाने हैं। राग भैरवी में आपका एक भजन तो यह हमें कई बार गाकर सुना चुके हैं। हमारा मन है कि वह आपके मुंह से सुनें।"

"कौन सा भजन तानसेन जी?" मीरा ने तानसेन से पूछा।

तानसेन बोले, "जोगी मत जा...।"

मीरा ने पास पड़ा इकतारा उठा लिया और धीरे से आंखें मूंदकर मन लगाया। थोड़ी देर बाद उसके होंठों पर एक फड़कन उभरी और फिर फूट पड़ने लगे बोल। अनूठी तान में पिरोए इकतारे की हलकी-हलकी झनकार की हिलोरों पर तैरते हुए कुछ-कुछ इस तरह थे बोल

मत जा...मत जा...मत जा ऽऽऽ...जोगी ऽऽऽ
पांव परूं ऽऽऽ...मैं...तोरे ऽऽऽ...।

भजन की अन्तिम पंक्ति तक पहुंचते-पहुंचते मीरा के स्वर के साथ अपने आप जा मिला महान गायक तानसेन का सुर, जो फूट पड़ा था उनके कंठ से

मीरा कहे प्रभु गिरधर नागर, जोत से जोत मिला जा।

दो अनूठे और सुरीले स्वरों का मधुर संगम एक अजब ही समां बांध गया था। अकबर को लगा, जैसे एक दिव्य ज्योति दूसरी से आ मिली हो। उन पलों में उसके चेहरे पर एक चमक फैल गई। झूम-झूम गया मन और फड़क उठे अधर, "वाह! ...वाह!"

अकबर और मीरा के मिलने की ख़बर देखते-ही-देखते फैल गई। राणा विक्रमादित्य के कानों में भी ख़बर पहुंची, तो उसका मन कांप उठा। उसके सीने पर शक का सांप रेंग गया कि कहीं मीरा ने अकबर बादशाह से राणा की शिकायत न कर दी हो और यह कि बादशाह जब मीरा से इतने प्रभावित हैं कि स्वयं उससे

मिलने गए, तब तो शिकायत सुनकर उसके राज्य की ईंट-से-ईंट बजा देंगे।

कृष्ण की भक्ति और भजनों की रचना को लेकर फैलती हुई मीरा की प्रसिद्धि राणा के मन में पहले से ही भय पैदा कर रही थी कि ऊपर से मिली यह ख़बर।

राणा ने फ़ौरन अपने मुसाहिबों के साथ सलाह की। यह तय पाया कि राजपुरोहित के साथ कुछ ब्राह्मणों की टोली द्वारिका जाकर मीरा को मनाए तथा राणा की तरफ़ से प्रार्थना करे कि वह अब सचमुच पछतावे की आग में जल रहे हैं। मीराबाई अपने घर लौट आएं।

महामिलन

राणा के पुरोहितों की टोली को द्वारिका आए तीन दिन बीत चुके थे। वे हर तरह मान-मनौबल कर-करके हार गए, पर मीरा लौटने के लिए राज़ी नहीं हुई।

हारकर पुरोहितों ने खाना-पीना छोड़ दिया और आमरण अनशन करने लगे। रणछोड़जी के मन्दिर के बाहरी आंगन में बने मेहमान-घर में धरना दिए पड़े थे पुरोहित।

ललिता उन्हें भोजन कराने की कोशिशें करके हार गई, तो ख़ुद मीरा ने जाकर प्रयत्न किया, पर किसी ने एक कौर भी नहीं लिया।

''अब क्या हो ललिता? यह तो बड़ा संकट आ गया।'' मीरा कह रही थी।

मूर्ति कक्ष की सफ़ाई करते हुए ललिता भी चिन्ता में डूब गई। उसने कहा, ''मुझे भी कुछ सुझाई नहीं दे रहा। ये ब्राह्मण अगर अनशन नहीं तोड़ते, तो ब्रह्म-हत्या का पाप आपके माथे पड़ेगा। सो तो बड़ी ही भयंकर बात होगी।''

''यही सोच तो मुझे खा रही है।''

''ऐसे में अब यही एक चारा रह गया है कि आप ही मान जाएं।'' ललिता ने कहा।

“नहीं, ललिता, यह मुझसे नहीं होगा। मैं वहां कभी नहीं जाऊंगी...चाहे जो हो... ।” कहते हुए मीरा की दृष्टि जा पड़ी समन्दर की उफनती हुई लहरों पर। उसकी यादों में उछल-उछल आने लगीं अपने बीते हुए जीवन की दुख-भरी झलकियां। अपमान की बातें एक-एक कर याद आ गईं, तो नस-नस में पीड़ा तैर गई। राणा की बुरी नज़र की याद तो ज़हर ही घोल गई सारे शरीर में। अब यह ब्रह्म-हत्या का डर दिमाग़ में फट पड़ने को तैयार था।

सहसा एक पग सरक गया आगे समन्दर की ओर।

लगा अपने मोहन की बुलावा देती छवि खींच रही है तन-मन सब कुछ। महामिलन की चाह भर रही है श्याम दीवानी मीरा के पगलाए मन में।

तभी दूसरा पग भी बढ़ गया सहसा।

मोहन का मोह पूरी तरह मन को अपने प्रभाव में कर चुका था। मिलन की बेला आ गई लग रही थी। मतवाली मीरा अपने देव के साथ मिलन की साध में डूबी हुई बढ़ी चली जा रही थी।

वह मन्दिर के पश्चिमी आंगन के आख़िरी छोर तक जा पहुंची, जिसके नीचे सागर-तट पर उछालें ले-ले टकराती हुई मस्त लहरें पुकार रही थीं उसे।

“रानी जी ऽऽऽ!” ललिता की चीख़ गूंजी थी। वह दूर से भागती हुई आ रही थी।

पर मीरा के कानों को वह चीख़ सुनाई ही नहीं दी, अपने प्रिय की पुकार के शोर में। निरंतर पुकार रहे थे वह।

सहसा एक लहर के फैले फन पर खड़े मोहन की छवि मीरा के एकदम पास आ गई और वह उसमें लीन होने के लिए लपक पड़ी और छपाक...!

और फिर कुछ ही पल बाद एक और छपाक...!

यह दूसरी छपाक थी ललिता की।

इस तरह समन्दर में समाकर उनकी लीला समाप्त हुई। यह मीरा के जीवन की अन्तिम बेला थी, विक्रम सम्वत् 1603।

वह एकदम सुबह-सवेरे उठी थीं, स्नान-ध्यान के लिए और शरीर सहित परलोक सिधार गईं। मंदिर से जाने पर फिर उनका पता नहीं मिला, तो यही हो सकता है कि समन्दर की विशाल लहरों में समाकर वह उतर गई थीं पार, रणछोड़ जी के द्वार।

●●●

मीरा के भजन

मैंने राम रतन धन पायो

मैंने राम रतन धन पायो॥

बसतु अमोलक दी मेरे सतगुरु
कर किरपा अपणायो।
मैंने राम रतन धन पायो॥

जनम-जनम की पूंजी पाई,
जग में सबै खोबायो।
खरचे नहिं कोई चोर न लेवै,
दिन-दिन बधत सवायौ॥
मैंने राम रतन धन पायो॥

सत की नाव खेवटिया सतगुरु
भव सागर तरि आयौ।
'मीरा' के प्रभु गिरधर नागर
हरिख-हरिख जस गायौ॥
मैंने राम रतन धन पायो॥

बसो मोरे नैनन में नन्दलाल

बसो मोरे नैनन में नन्दलाल॥

मोहनी मूरति सांवली सूरत,
नैणा बने बिसाल।
अधर सुधारस मुरली राजती,
उर बैजन्ती माल॥

छुद्र घंटिका तट कटि सोभित,
नूपुर सबद रसाल।
'मीरा' प्रभु संतन सुखदाई,
भक्त बछल गोपाल॥
बसो मोरे नैनन में नन्दलाल॥

चलो मन गंगा यमुना तीर

चलो मन गंगा यमुना तीर॥

गंगा यमुना निर्मल पाणी,
सीतल होत सरीर।
बंसी बजावत गावत कान्हों
संग लियो बलवीर॥
चलो मन गंगा यमुना तीर॥

मोर मुकुट पीताम्बर सोहे,
कुण्डल फलकत हीर।
मीरा के प्रभु गिरधर नागर,
चरण कमल पै सीर॥
चलो मन गंगा यमुना तीर॥

बादल रे तू जल भरि लायो

बादल रे तू जल भरि लायो॥

छोटी-छोटी बूंदन बरसन लागो
कोयल सबद सुनायो।
गाजै बाजै पावन मधुरिया
अम्बर बदरा छायो॥
बादल रे तू जल भरि लायो॥

सेझ सांवरी पिय घर आए,
हिलमिल मंगल गायो।
'मीरा' के प्रभु हरि अविनासी
भाग भलो जिन पायो॥
बादल रे तू जल भरि लायो॥

मतवारो बादर आए रे

मतवारो बादर आए रे,
हरि को सनेसो कबहुं न लाए रे।

दादर मोर पपइया बोलै,
कोयल सबद सुणाये रे।

इक कारी अंधियारी बिजली चमकै,
बिरहणि अति डरपाये रे।

इक गाजै बाजै पवन मधुरिया,
मेहा अति झड़ लाये रे।

इक कारी नाग बिरह अति जारी,
मीरा मन हरि भाये रे।

सावण दे रह्या जोरा, रे

सावण दे रह्या जोरा, रे,
घर आयो जी स्याम मोरा, रे।

उमड़ घुमड़ चहुं दिस से आया,
गरजत है घन घोरा, रे।
दादुर मोर पपीहा बोलै,
कोयल, कर रही सोरा, रे।

'मीरा' के प्रभु गिरधर नागर,
ल्यों बारूं सोही थोरा, रे।

जोगी मत जा

जोगी मत जा मत जा मत जा
पांव परूं मैं तोरे॥

प्रेम भक्ति को पंथ ही न्यारो
हमकूं गैल बता जा।
अगर चन्दन की चिता बनाऊं
अपने हाथ जला जा॥
जोगी मत जा मत जा मत जा॥

जल-जल भई भस्म की ढेरी,
अपने अंग लगा जा।
'मीरा' कहे प्रभु गिरधर नागर,
जोत में जोत मिला जा।
जोगी मत जा मत जा मत जा॥

या मोहन के मैं रूप लुभानी

या मोहन के मैं रूप लुभानी॥

सुन्दर बदन कमलदल लोचन,
बांकी चितवन मद मुसकानी।
या मोहन के मैं रूप लुभानी॥

जमुना के तीरे धेनु चरावै,
वंशी में गावे मीठी बानी।
या मोहन के मैं रूप लुभानी॥

तन मन धन गिरधर पर वारूं,
चरण कमल 'मीरा' लपटानी।
या मोहन के मैं रूप लुभानी॥

मैं गोविन्द के गुण गाणा

मैं गोविन्द के गुण गाणा॥

राजा रूठे नगरी राखे,
हरि रूठे कहां जाणा।
राणे भेज्या जहर प्याला,
अमृत करि पी जाणा॥
मैं गोविन्द के गुण गाणा॥

डबिया में भेज्या जी भुजंगम,
सालिगराम करि जाणा।
'मीरा' तो अब प्रेम दीवाणी,
सांवलिया वर पाणा॥
मैं गोविन्द के गुण गाणा॥

मैं गिरधर के रंग राती

मैं गिरधर के रंग राती॥

पचंग चोल पहर सखी मैं
झिरमिट खेलन जाती।
ओह झिरमिट मां मिल्यो सांवरो
खोल मिली तन गाती॥
जिनका पिय परदेस बसत हैं
लिख-लिख भेजे पाती।
मेरे पिया मेरे हीये बसत हैं
ना कहुं आती जाती॥
चन्दा जाएगा सूरज जाएगा
जाएगी धरण आकासी।
पवन प्राणी दोनुं ही जाएंगे
अटल रहे अविनासी॥
मैं गिरधर के रंग राती॥

दरस बिना दूखण लागे नैन

दरस बिना दूखण लागे नैन॥

जब से तुम बिछड़े मेरे प्रभु,
कबहुं न पायो चैन।
सबद सुणत मेरी छतियां कांपैं,
मीठै लागैं बैन॥
बिरह कथा कासूं कहूं सजनी,
बह गई करवत ऐन।
कलन परत पल हरि मग जोवत,
भई छमासी रैन॥
'मीरा' के प्रभु कब रे मिलोगे,
दुख मेटण सुख देन॥

मेरो मन रामहिं राम रटै रे

मेरो मन रामहिं राम रटै रे॥

राम नाम जप लीजै प्राणी
कोटिक पाप कटै रे।
जनम-जनम के खतुज पुराने
नामहिं लेत फटै रे॥
मेरा मन रामहिं राम रटै रे॥

कनक कटोरे अमृत भरियो
पीवत कौन नटै रे।
'मीरा' कहे हरि अविनासी,
तन मन ताहि पटै रे॥
मेरो मन रामहिं राम रटै रे॥

आली री मेरे नैणा बाण पड़ी

आली री मेरे नैणा बाण पड़ी॥

चित्त चढ़ी मेरे माधुरी मूरत
उर बिच आन पड़ी।
कब की ठाड़ी पन्थ निहारूं,
अपने भवन खड़ी॥
आली री मेरे नैणा बाण पड़ी॥

कैसे प्राण पिया बिन राखूं
जीवन मूर जड़ी।
'मीरा' गिरधर हाथ बिकानी,
लोग कहैं बिगड़ी॥
आली री मेरे नैणा बाण पड़ी॥

करमगति टारे नाहिं टरे

करमगति टारे नाहिं टरे॥

सत्यवादी हरिश्चन्द्र से राजा
नीच घर नीर भरे।
पांच पांडु और सती द्रौपदी
हाड़ हिमालय गरे॥
करमगति टारे नाहिं टरे॥

जग्य कियो बलि लेण इन्द्रासण
सो पाताल धरे।
'मीरा' के प्रभु गिरधर नागर
विष से अमृत करे।
करमगति टारे नाहिं टरे॥

प्रश्नोत्तरी

1. मीरा की माता का नाम क्या था?
   (अ) अजब कुंवरि (ब) वीर कुंवरि
   (स) मायावती (द) रूपरानी।
2. मीरा का जन्म कब हुआ था?
   (अ) सन् 1312 (ब) सन् 1412
   (स) सन् 1512 (द) सन् 1612।
3. मीरा के पति भोजराज किसके पुत्र थे?
   (अ) राणा प्रताप (ब) राणा रत्नसिंह
   (स) राणा सूर्यमल्ल (द) राणा सांगा।
4. 'मेरे तो गिरिधर गोपाल...' किसका भजन है?
   (अ) मीरा (ब) रसखान
   (स) रहीम (द) दाद दयाल।
5. मीरा धूमधाम से कौन सा त्यौहार मनाती थी?
   (अ) रामनवमी (ब) कृष्ण जन्माष्टमी
   (स) महाशिवरात्रि (द) गणेश चतुर्थी।
6. चितौड़ से मन उखड़ने पर मीरा कहां जाकर अंत तक रही?
   (अ) मंथरा (ब) वृंदावन
   (स) द्वारिका (द) गोकुल।

7. रणछोड़जी के मंदिर के द्वार पर कौन सा बादशाह मीरा से मिलने पहुंचा?
   (अ) शाहजहां (ब) हुमायूं
   (स) बाबर (द) अकबर।
8. तानसेन और मीरा ने मिलकर कौन सा भजन गाया?
   (अ) जोगी मत जा (ब) माने चाकर राखो
   (स) पग घुंघरू बांध (द) मैंने राम रतन।
9. वृंदावन में मीरा किनसे मिली, जो स्त्री का चेहरा नहीं देखते थे?
   (अ) तुलसीदास (ब) जीव गोस्वामी
   (स) स्वामी कृष्णदेव (द) राम गोसाईं।
10. रणछोड़जी से मीरा का महामिलन कहां हुआ?
   (अ) मंदिर में (ब) पर्वत पर
   (स) समन्दर में (द) धरती पर।

उत्तर

1. (ब), 2. (स), 3. (द), 4. (अ), 5. (ब), 6. (स), 7. (द), 8. (अ), 9. (ब), 10. (स)।